KB209499

# 나최고 미용실

봄볕어린이문학

# 나최고 미용실

**초판 1쇄 발행** 2025년 2월 3일

**지은이** 정은정
**그린이** 최도은

**펴낸이** 권은수 **펴낸곳** 도서출판 봄볕
**만듦** 박찬석, 장하린 **꾸밈** 홍윤이 **가꿈** 성진숙 **알림** 강신현, 김아람
**살림** 권은수 **함께 만든 곳** 피오디 북, 가람페이퍼

**등록** 2015년 4월 23일 제25100-2015-000031호
**주소** 서울특별시 서대문구 서소문로 37 1406호(합동, 충정로대우디오빌)
**전화** 02-6375-1849 **팩스** 02-6499-1849
**전자우편** springsunshine@naver.com **블로그** http://blog.naver.com/springsunshine
**스마트스토어** https://smartstore.naver.com/shinybook
**인스타그램** @springsunshine0423
ISBN 979-11-93150-55-9 73810



• 책값은 뒤표지에 적혀 있습니다. • 봄볕은 올마이키즈와 함께 어린이를 후원합니다.
• 이 책은 콩기름을 이용한 친환경 방식으로 인쇄했습니다.
• KC마크는 이 제품이 공통안전기준에 적합함을 의미합니다.

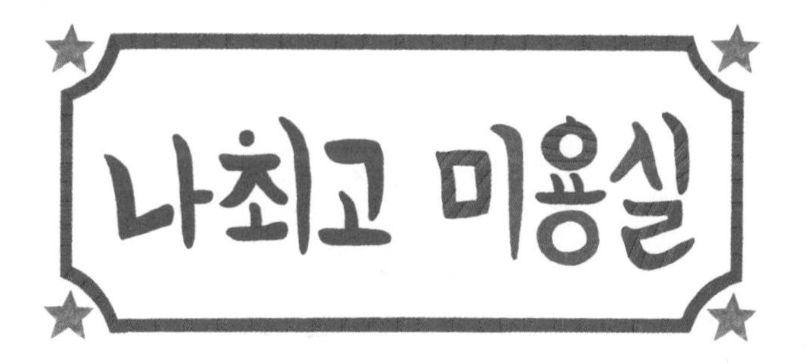


정은정 지음 | 최도은 그림

봄별

차례

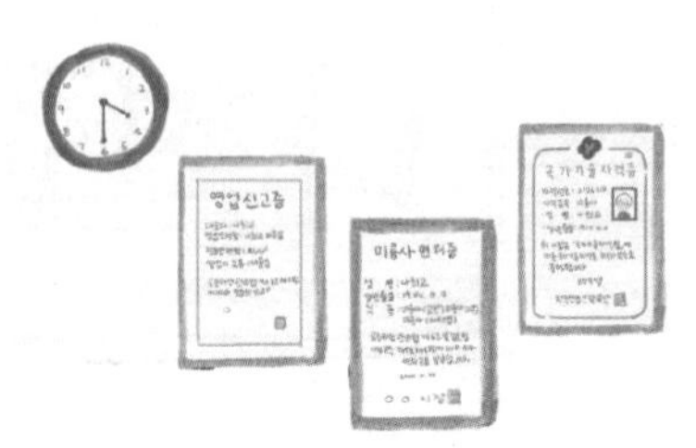

## 아무튼, 안 돼

“아빠, 콜?”

“코오.”

아빠가 입을 벌려 활짝 웃었다. 하지만 얼굴이 활짝 펴지는 대신 입가로 침이 주룩 흘렀다. 아빠는 왕구와 눈을 맞추고 어렵게 고개까지 끄덕였다.

“콜! 콜!”

왕구는 신나게 소리치며 꼭 숨겨 놓았던 미용 가위 세트를 꺼냈다. 3년 꼬박 모은 용돈으로 얼마 전 큰맘 먹고 산

거다.

"아싸, 조왕구 미용사 납시오!"

왕구는 방바닥에 가까스로 앉아 있는 아빠한테 커트 보를 척 둘렀다. 심호흡을 크게 하고 분무기를 칙 뿌렸다. 가슴이 뛰었다.

"아빠! 멋지게 잘라 줄게. 여기 봐. 어떤 게 좋아?"

쫙 펼쳐진 또 하나의 비밀 무기. 아빠한테만 아주 가끔 보여 주는 미용 수첩이다. 왕구가 한글을 제법 쓰기 시작한 일곱 살부터 열한 살이 된 지금까지 차곡차곡 써 온 거다. 정성스레 붙인 온갖 커트 사진 옆에는 왕구의 야무진 글씨가 연도와 날짜별로 꽉 차 있었다.

"우아아, 이, 이거."

아빠는 불편한 팔에 안간힘을 주어 하나를 가리켰다.

"좋았어!"

왕구는 쓱쓱 아빠 머리를 빗질했다. 그러고는 한 움큼 잡고 가위질을 시작했다. 빠른 손놀림은 정확하고 자신감에 넘쳤다. 아빠는 지그시 눈을 감고 가위질 소리를 들었다.

사각사각 사각사각사각

왕구는 온정신을 집중했다. 그때였다.

"너, 지금 뭐 하는 거야!"

갑자기 꽂힌 날카로운 소리에 왕구도 화들짝 놀라 소리쳤다.

"악! 엄마야!"

잠시 꾸벅 졸던 아빠도 눈을 번쩍 떴다.

"이게 다 뭐야! 아빠한테 무슨 짓이야!"

엄마였다. 오늘 일이 늦게 끝날 거라 했던 엄마가 입술을 파르르 떨며 서 있었다. 머리 자르는 데 정신이 팔려 현관문 열리는 소리도 못 들은 탓이다.

"어, 엄마. 왜 이렇게 일찍……."

부들부들 떨고 있는 왕구 손에서 엄마가 가위를 홱 낚아챘다.

"세상에, 이건 대체 어디서 났어?"

"줘, 내 거야!"

왕구가 엄마 팔을 잡았다.

"아빠 돕고, 공부하랬지? 이런 쓸데없는 짓이나 하고."

쓸데없는 짓이란 말에 왕구도 울컥했다.

"나한테는 공부야! 가위 줘!"

엄마 목소리가 찢어질 듯 커졌다.

“뭐라고? 조왕구! 잘 들어. 이 가위들 몽땅 버릴 거야.”

엄마는 바닥에 있는 가위들까지 순식간에 움켜쥐었다. 다급해진 왕구는 그사이 미용 수첩을 얼른 집어 옷 속에 숨겼다.

“어휴, 순 이런 장난질! 내 탓이다, 내 탓. 보는 게 만날 엄마가 미용 일만 하는 거니. 내 흉내는 그만 내!”

왕구는 ‘장난질’, ‘흉내’라는 말에 가슴이 무너졌다.

“장난, 흉내 아니야. 공부라고. 난 미용사 될 거야.”

이번에는 엄마 눈이 찢어질 듯 올라갔다.

“시끄러워! 그리고 이 가위들은 날카로워서 위험해. 알아, 몰라? 다치기라도 하면 어떡해!”

왕구는 입을 꾹 다물었다. 이번에는 아빠가 소리쳤다.

“하, 하지 마. 잘해. 잘해. 우리 왕구.”

엄마가 이번에는 아빠를 무섭게 노려봤다.

“당신이 오냐오냐하니까 더 그래. 지금 당신 머리 어떤 줄이나 알아?”

아빠는 할 말이 많은 듯했지만 마음대로 되지 않았다. 느린 말조차 자꾸만 발음이 샜다. 말은 입안으로 들어가 웅얼웅얼 울렸다. 엄마는 그런 아빠를 빤히 보고, 왕구를 뚫어져라 쳐다봤다. 그러고는 짧고 굵게 힘주어 말했다.

"다시 이러면 엄마한테 더 많이 혼날 줄 알아."

왕구도 지지 않고 말했다.

"나, 꼭 미용사 될 거라고!"

엄마 얼굴이 순식간에 일그러졌다.

"안 돼. 아무튼 안 돼."

왕구는 다시 입을 꾹 다물었다. 엄마는 쉬지 않고 쏘아댔다.

"너는, 아빠 재활 끝나고 괜찮아질 때까지 도와드리고, 공부 열심히 하는 거야. 엄마 바쁘다고, 집에 없다고 꾀부리고 대강 시간 보내면 안 돼. 알겠어?"

엄마 말이 귀에 하나도 들어오지 않았다. 왕구의 마음 깊은 곳에서 뜨거운 게 훅 솟구쳤다.

"헙!"

입을 틀어막았지만 눈물이 뚝뚝 떨어지자 걷잡을 수 없었다.

"엄마는 정말 아무것도 모르면서!"

문을 쾅 닫고 방으로 들어갔다. 닦아도 닦아도 눈물이 자꾸만 흘렀다.

## 나최고 미용실

학교 끝나고 집으로 가는 길. 왕구는 일부러 먼 길로 돌아 터벅터벅 걸었다. 아빠 생각에 마음은 급했지만 발걸음이 축 처졌다. 엄마가 마음대로 말끔히 잘라 버린 아빠 머리를 생각하니 속상했다.

'친구들이랑 놀다 갈까? 집에 가기 싫은데.'

휴대폰을 꺼내 만지작댔다. 그때 전화벨이 울렸다.

"어? 아빠!"

아빠가 더듬더듬 말했다.

"와앙구 집 와?"

아빠 목소리에 코가 시큰했다. 집에 가기 싫었던 마음이 미안했다.

"응, 다 와 가."

아빠가 잠시 쉬다 더듬더듬 말을 이었다.

"아아빠 머리이 꼬오옥 해 줘어. 머리이 그금방 기길어."

왕구 눈에 금세 눈물이 찼다. 들킬까 봐 얼른 짧게 대답했다.

"응."

전화 너머로 아빠가 활짝 웃는 거 같았다.

왕구 아빠는 로봇 연구원이다. 의사 선생님이 어려워하는 일도 척척 해내는 멋지고 복잡한 로봇을 만든다. 그런데 갑자기 쓰러졌다. 엄마 말로는 머릿속에서 갑자기 피가 터져 아빠가 아프다고 했다. 너무 많은 일을 오랫동안 힘들게 해서 그런 거란다. 아빠는 무조건 쉬어야 한다고 했다. 나랑 엄마가 열심히 도와주면 아빠가 금방 나을 거라고도 했다. 하지만 병원에서 치료를 받고 온 아빠는 예전 같지

가 않다. 한쪽 팔과 다리는 잘 움직이지 못하고 말도 잘 못 한다. 밥 먹기, 씻기, 옷 입기도 아기 돌보듯 도와야 한다.

'하아, 그래. 빨리 가자, 아빠한테!'

왕구는 시원하게 숨을 내뱉었다. 그러고는 힘차게 발을 뻗었다.

"엇!"

그런데 생각과 달리 헛발질이 나갔다. 양다리가 꼬이고 순식간에 중심을 잃었다. 쾅 소리와 함께 온몸이 번개 맞은 것처럼 번쩍하더니 땅바닥에 처박혔다.

"아이고야! 얘, 괜찮니?"

정신이 아찔한 순간 누군가 달려와 손을 내밀었다.

"어쩌냐, 어서 잡아라."

얼떨결에 손을 잡고 보니, 머리가 온통 새하얀 할머니였다.

"세상에, 피가 나네. 안 되겠다. 따라 와."

할머니는 왕구 손을 꼭 잡고 어디론가로 끌었다. 왕구는 뭐에 홀린 것처럼 중얼대며 걸었다.

"엄마가 아무나 따라가면 안 된다고 했는데……."

들었는지 말았는지 할머니도 왕구처럼 중얼거렸다.

"피가 심하게 나네. 미용실에 반창고가 있으려나."

미용실이란 말에 왕구 귀가 번쩍 뜨였다.

"미용실이요?"

할머니도 그제야 왕구 목소리가 들렸는지 씩 웃었다.

"오냐. 할머니 미용실이 바로 요 앞이야. 얼마 전에 개업했지. 가자, 소독해 줄게. 잠깐 나와 요구르트 사서 들어가는 길인데 널 만났지 뭐냐."

왕구는 미용실이라는 말에 호기심이 샘솟았다. 그래서인지 무릎에서 피가 줄줄 나는 것도 잊고 씩씩하게 걸었다.

길을 건너 골목으로 꼬불꼬불 들어가니 정말로 미용실이 있었다. 가게보다 더 커 보이는 간판에는 큼지막한 글씨로 '나최고 미용실'이라고 씌어 있었다. 마치 손으로 또박또박 쓴 것 같았다.

"푸훕!"

왕구는 웃음이 났다. 미용실 이름이 너무 유치했다. 게 다가 문 앞에는 빨강, 파랑이 섞인 회전 간판이 뱅글뱅글 돌아가고 있었다.

"이, 이거……."

자꾸 쳐다보니 왕구 눈도 뱅글뱅글 돌았다.

"요즘 미용실 앞엔 잘 없지? 근데 멋지지 않냐? '널 변신시켜 줄게. 기대하시라!' 하는 마법봉 같지."

할머니 말에 왕구 입이 서서히 벌어졌다. '마법봉'이란 말이 맘에 쏙 들었다.

할머니가 '신장개업' 글자가 붙은 문을 힘껏 열었다. 후욱! 파마약 냄새가 기분 좋게 온몸을 감쌌다.

"흐음, 엄마 냄새."

왕구 입가에 미소가 퍼졌다. 할머니는 그런 왕구를 힐끗 보더니 앉으라는 시늉을 했다. 그러고는 요구르트 한 개를 쥐여 주었다.

"먹으면서 잠시 기다려라."

할머니가 여기저기 서랍을 뒤적이며 물었다.

"근데 엄마 냄새가 뭐냐?"

나최고 미용실
신장개업
42길

왕구는 기다렸다는 듯 신나게 말했다.

"우리 엄마한테서는 만날 파마약 냄새가 나요. 우리 엄마도 미용사거든요! 제가 가장 좋아하는 냄새예요. 왜냐하면 마법 물약 같잖아요. 사람들을 변신시키는, 막 설레는 그런 냄새요. 그러고 보니 할머니 미용실 앞에는 마법봉도 있네요."

"하하하하. 그렇구나."

할머니가 반창고를 집어 들었다. 그러고는 왕구 상처를 후후 불며 약을 발랐다.

"저도 엄마처럼 미용사가 될 거예요."

반창고까지 붙인 할머니가 왕구를 물끄러미 쳐다보며 말했다.

"그러냐? 고것 참 멋진데?"

순간 왕구 가슴이 환하게 벅차올랐다. 입이 저절로 활짝 벌어졌다.

# 파트너 구함

왕구는 학교 끝나고 집으로 가는 길이 바뀌었다. 일부러 빙 돌아서 나최고 미용실 앞을 지나갔다. 창문 너머로 할머니가 일하는 모습을 보기라도 하면 기분이 날아갈 듯 좋았다.

왕구는 오늘도 어김없이 나최고 미용실로 향했다. 어느새 뱅글뱅글 돌아가는 마법봉 앞에 서서 넋을 놓고 멍하니 한쪽을 쳐다봤다. 신장개업 말고도 종이 하나가 더 붙어 있었다.

'파트너 구함.'

왕구 손이 찌릿했다. 머뭇머뭇하다 떨리는 손으로 종이를 슬쩍 떼 나머지도 읽었다.

'미용을 사랑하는 사람 대환영.'

그것뿐이었다. 간판에 적힌 글씨랑 같은 느낌이었다.

왕구는 잠시 생각하더니 결심한 듯 미용실 문을 힘껏 밀었다.

"손님! 환영합니다!"

입이 엄청 큰 할머니가 엄청 큰 소리로 반겼다.

"저, 저……."

이번에는 두리번거리는 왕구 어깨를 툭 쳤다.

"혼자 왔어?"

"저, 그게……."

"요기 앉아. 최고 씨, 손님 왔어!"

그제야 안쪽에서 할머니가 나왔다. 왕구는 살짝 어색한 마음, 쑥스러운 기분에 얼굴이 발그레해졌다.

"아이고, 너구나? 다리는 괜찮냐?"

파트너 구함
·1명
·미용을 사랑하는
사람 대환영

할머니가 반갑게 왕구 손을 잡았다.

"아는 사이?"

입 큰 할머니는 둘을 번갈아 봤다.

"무슨 일이니?"

할머니가 묻자 왕구가 다짜고짜 종이를 내밀었다.

"저, 파트너 하고 싶어서요."

입이 큰 할머니가 크하하하 웃었다.

"너 몇 살? 꼬맹이는 안 되지. 파트너는 미용 조수를 말하는 거라서."

미용실 주인처럼 말했다.

"열한 살이에요. 그리고 여기. '미용을 사랑하는 사람 대환영'이라고 쓰여 있는데. 제가 딱 그런 사람이에요."

그때 미용실 문이 또 열렸다.

"어이, 미쓰봉! 환영합니다!"

또 다른 할머니가 들어왔다.

"네시땡 언니는 오늘도 있네. 왜 만날 주인장 행세야. 그 환영합니다 좀 그만해. 영 이상하다고."

미쓰봉과 네시땡은 보자마자 서로 기다렸다는 듯 말을 쏟아부었다. 엄청 시끄러웠다. 왕구는 파트너 이야기를 언제 다시 꺼내야 하는지 몰라 둘을 번갈아 보며 기다렸다.

"그런데 미쓰봉이랑 네시땡이 뭐예요?"

"뭐?"

둘의 말이 뚝 끊겼다. 할머니가 아무렇지 않게 말을 이었다.

"쟤네 둘은 다 내 친구야. 네시땡은 나랑 동갑이고. 이 건물 주인인데, 여기서 반나절을 놀다 가지. 쟤 때문에 여기로 미용실 옮긴 거야. 월세 싸게 준대서. 손녀가 어린이집에서 항상 네 시 반에 끝나서 네 시 땡 하면 손녀 데리러 나가야 하거든. 그래서 생긴 별명. 미쓰봉은 나보다 스무 살이 어린 친구인데, 요 바로 앞 마트에서 일해. 앞머리 봉을 잘 세워야 하루 일이 잘 풀린대. 만날 앞머리 손질하러 미용실에 와. 그래서 미쓰봉. 참고로 결혼을 안 했어, 아직. 절대 할머니라고 부르면 안 된다."

왕구가 두 할머니 눈치를 보며 고개를 끄덕였다.

'스무 살 차이면 할머니들 나이가 어떻게 되는 거지?'

고개를 갸웃대며 다시 종이를 내밀었다.

"할머니, 그런데 저 꼭 파트너 하고 싶어요."

왕구의 말에 입이 큰 네시땡 할머니가 강조했다.

"꼬맹이는 안 돼. 고작 열한 살이 무슨."

미쓰봉도 거들었다.

"너, 여기서 일하면 엄마한테 혼날걸? 학원은 안 다녀?"

왕구는 또 뜨거운 게 훅 솟구쳤다. 하지만 꾸욱 삼키고 할머니 눈을 똑바로 쳐다봤다.

"할머니도 그렇게 생각하세요? 고작 열한 살 꼬맹이는

안 된다고?"

할머니 입에 미소가 번졌다.

"아니, 애고 늙은이고 안 되는 게 어딨냐. 내가 올해 여든인데. 미용사 자격증을 일흔에 땄어. 애들 다 키우고 나서야 진짜 하고 싶은 걸 했지. 그리고 저기! 재작년에 미용장도 됐다. 보이냐?"

왕구 눈이 점점 커졌다.

"우아아아, 진짜요? 미용장 따기 엄청 어려운 거 아니에요? 우아우아, 할머니 짱이에요. 저 구경해도 돼요?"

왕구는 얼른 미용장 자격증이 걸린 곳으로 쪼르르 갔다.

"그리고 이름도 바꾼 거야. 나최고로. 미용실 이름도 내 이름 따서 지었지."

왕구는 자기도 모르게 소리쳤다.

"앗, 진짜네요. 여기도 씌어 있네요. 그 특이한 이름이 할머니 이름이었다니."

할머니가 으하하하 크게 웃었다.

"특이하다? 그래서 싫으니? 난 나최고란 이름이 최고로

영업신고증
미용사 면허증
국가기술자격증
파트너 구함
·1명

한번에
나최고 미용실
남성컷 샴푸
여성컷 매직
부·염
회원 30%
수요일
정기휴일

좋다."

듣고 있던 네시땡 할머니도 거들었다.

"암, 좋고말고. 전에 재 이름이 막둥이였어. 나막둥."

"하하하. 옆집 개 이름도 막둥이였지. 울 아버지가 마지막으로 태어났다고 지은 이름이야. 그런데 사람이나 개나 그저 마지막에 태어났다고 다 막둥이라고 짓다니, 너무 성의가 없어. 암만, 나최고가 훨씬 낫지. 안 그래?"

미쓰봉도 고개를 끄덕였다.

"나도 그렇게 생각해."

할머니는 지난 생각이 나는지 혀를 쯧 찼다.

"손 씨네 아니면 민성 엄마라고 불렸지. 우리 큰아들 이름이 민성이거든. 그러고 보니 내 성은 나 씨인데 왜 손 씨네인지 원. 내 성도 까먹을 지경이었다니까."

할머니 셋이 깔깔깔 웃었다.

왕구는 할머니 말을 듣다 보니 나최고라는 이름이 좋아졌다. 이보다 더 자신감 넘치는 이름이 또 있을까 하는 생각도 들었다.

"내 파트너 꼭 할 거야?"

왕구 귀가 번쩍 뜨였다.

"네! 꼭이요!"

할머니도 시원스럽게 대답했다.

"그래, 좋다!"

왕구는 알람 소리에 잠이 깼다. 안방에서 쉬지 않고 울리는 알람 소리. 하지만 엄마는 어금니를 꽉 물고 인상을 찌푸린 채 자고 있었다.

"쉬이이."

아빠가 왕구를 보고 입을 모았다. 왕구는 고개를 끄덕이고 알람을 껐다.

"도와, 도와줘어."

왕구는 벙긋벙긋 아빠 입 모양만 보고 얼른 아빠 손을 잡아끌었다. 힘겹게 침대에서 일어난 아빠가 웃었다.

"고마아워. 바바밥."

왕구는 고개를 끄덕이고 아빠를 부축했다. 아빠는 주방

까지 걸어와서 한쪽 팔로 밥솥을 들었다. 위태위태했지만 쌀통에서 쌀까지 계량컵에 담아 밥솥으로 옮겨 담았다. 그러고는 밥솥을 다시 들다 놓쳐 버렸다.

우당탕탕탕탕!

깜짝 놀란 엄마가 안방에서 뛰어나왔다.

"무슨 일이야!"

왕구와 아빠는 온몸이 얼어붙는 것만 같았다.

"왜 알람 껐어?"

신경질적인 목소리가 들렸다.

"누가 이런 거 하래? 가만히 좀 있어, 너도!"

왕구가 중얼댔다.

"엄마가 너무 피곤해 보여서 아빠가 그런 건데."

엄마는 잔뜩 찡그린 얼굴로 쏟아진 쌀을 쓸어 담았다. 잔소리도 시작됐다.

"너, 학교 갔다 와서 아빠 잘 돕고 있지? 당분간 엄마 대신 아빠 옆에 꼭 붙어 있어야 해. 알겠어? 엄마가 아빠 아프고 나서 더 바빠진 거 알지? 알겠어? 무슨 일 있으면 엄마한테 전화하고. 알겠어?"

'알겠어?'를 대체 몇 번이나 하는지. 왕구는 '알겠어?'라는 말을 들을 때마다 몸이 움츠러드는 것 같았다. 고개를 끄덕여도 엄마는 만족을 못 하는지 계속 '알겠어?'라고 되물었다.

엄마가 출근을 하고 나니 온몸의 힘이 풀렸다. 아빠랑 왕구는 마주보고 힘없이 웃었다. 왕구가 아빠 귀에 대고 속삭였다.

"아빠, 엄마는 왜 만날 저렇게 인상 써? 소리 지르고."

아빠가 삐뚤빼뚤해진 입으로 천천히 말했다.

"히, 힘들어서 그으래. 이해해 줘어. 어엄마 이이뻐. 머,

머리도 자잘 자자르고. 그그래서 아빠가 바반해서 마만날 머머리 자르러 어엄마 미미용실 가갔어. 아아빠 연구소 앞에 있는 미미용실.”

왕구가 푸핫 하고 웃었다.

“맞아. 기억난다. 아빠가 엄마 보고 첫눈에 반해서 열심히 쫓아다녔다고. 자를 머리도 없는데 머리하러 오고, 파마하고. 큭큭. 엄마한테 들은 거 같아.”

아빠가 고개를 끄덕였다.

"어엄마 이뻐."

왕구가 아빠를 툭 쳤다.

"어련하시겠어. 참, 근데 아빠, 나 비밀 있어. 취직했거든. 미용실에."

아빠 눈이 확 커졌다.

"뭐어? 뭐? 무, 무무슨?"

왕구가 신나게 말을 이었다.

"우리 집 근처 미용실인데, 정말 멋져. 여든 살 할머니가 하는 미용실. 이름도 나최고야. 나 거기서 오늘부터 일하는데, 그래도 돼? 미용 공부가 많이 될 거 같아. 근데 좀 늦게 올 거야. 세 시부터 여섯 시까지 일해."

아빠가 고개를 끄덕였다.

"아빠 괘괜찮아. 이제 혼자 자잘해. 조조아졌어 마마니. 그그런데 어엄마."

왕구가 재빨리 되받아쳤다.

"응, 엄마한테 진짜로 안 들킬게."

아빠가 눈을 끔쩍했다.

## 첫 번째 손님 : 그 머리가 어때서?

"저 왔어요!"

왕구가 반갑게 들어서자, 할머니 셋이 동시에 손을 들었다.

"어서 와!"

미쓰봉 할머니 앞머리는 벌써 둥글고 멋지게 말려 올라가 있었다. 네시땡 할머니는 능숙하게 수건을 개고 있었다. 바닥을 쓸고 있던 나최고 할머니는 얼른 왕구에게 비를 넘겼다.

"자, 할 수 있지?"

왕구가 씩씩하게 대답했다.

"네!"

바닥을 거의 다 쓸어 갈 때쯤 미용실 문이 열렸다.

"손님! 환영합니다!"

네시땡 할머니가 총알같이 손님을 맞았다.

아래위로 양복을 쫙 빼입은 멋쟁이 할아버지였다.

"여기로 앉으세요."

왕구가 제법 파트너답게 안내했다. 할아버지는 모자를 벗어 왕구에게 건넸다.

"아……."

몇 가닥 남아 있지 않은 옆머리가 길게 자라 정수리를 간신히 덮고 있었다.

나최고 할머니가 할아버지 목에 커트 보를 둘렀다.

"뭐 하시겠어요?"

할아버지는 물끄러미 할머니를 보더니 헛기침을 했다.

"커트! 난, 소중히 다뤘으면 해서. 보다시피 머리카락을 아껴야 해서. 많이 자를 필요는 없고. 아주 살짝만 다듬는 수준으로. 조심조심."

할머니는 할아버지 머리를 이리저리 보더니 고개를 끄덕였다.

"그럼, 시작합니다."

할머니가 부드럽게 빗질을 했다. 그때 머리카락 몇 가닥이 우수수 떨어졌다. 그걸 본 할아버지가 갑자기 불같이 화를 냈다.

"아니! 뭐 하는 거요! 내가 분명 소중히 다뤘으면 한다고 했잖소!"

할아버지 얼굴이 순식간에 벌게졌다.

"이 머리카락은 이미 수명을 다해서 빠진 거예요. 이렇게 억지로 길러 자꾸 넘기니. 이 머리카락 얼마 안 가 다 빠져요."

할머니 말에 할아버지는 숨이 넘어갈 듯 더 화를 냈다.

"뭐? 다 빠진다고?"

할머니는 할아버지를 물끄러미 보더니 찬찬히 말했다.

“두피에 영양을 주는 게 좋을 듯한데요. 서비스로 해 드릴 테니 받아 보시겠어요?”

할아버지는 서비스라는 말에 멈칫했다.

“공짜인가?”

할머니가 고개를 끄덕였다. 네시땡 할머니가 작은 소리로 중얼거렸다.

"공짜 좋아하면 머리가……."

미쓰봉 할머니가 얼른 말을 막았다.

"어머, 저도 여기 단골인데. 이 언니, 머리 진짜 잘해요. 전 만날 오거든요."

힐끗 미쓰봉 할머니를 본 할아버지 눈이 갑자기 부드러워졌다.

"아, 그렇군요."

미쓰봉 할머니도 할아버지가 단박에 마음에 드는지 계속 말을 걸었다.

"네, 자기 스타일을 확실히 찾아 준다고 해야 할까요? 어휴, 그런데 워낙 스타일이 멋쟁이셔서. 오호호."

할아버지 입꼬리가 슬쩍 올라갔다.

"그리고 아마 이 동네는 미용장 없을걸요?"

미쓰봉 말에 할아버지가 아는 척을 했다.

"오호! 미용장이요? 이 할머니가 미용장이에요? 오!"

"네. 자, 저기 보이시죠? 자격증."

할아버지가 헛기침을 하며 고개를 끄덕였다.

네시땡 할머니가 또 중얼댔다.

"잘 모르면서 아는 척은."

나최고 할머니는 들은 척도 하지 않고 빠르게 손을 놀렸다. 할아버지 머리에 오일을 바르고 목부터 정수리까지 꾹꾹 눌렀다. 할아버지는 스르르 눈을 감더니 금세 드르렁드르렁 코를 골았다.

"세상에! 저 영감 뭐야? 그리 화를 내더니."

네시땡 할머니가 입을 삐죽댔다.

나최고 할머니는 머리 전체를 주무르듯 마사지를 했다.

"왕구야, 이래야 두피에 혈액이 잘 돌지. 이 할아버지는 머리 스타일보다 이게 더 시급한 거 같구나. 그런데 말이다……."

마사지를 마친 할머니가 가위를 들었다. 그러고는 숨을 크게 쉬더니 머리를 다듬기 시작했다.

삭둑 삭둑 삭둑

가위질 세 번에 할아버지 머리를 몽땅 잘라 버린 것이다. 지켜보던 세 사람은 입이 쩍 벌어졌다.

드르렁드르렁, 커억컥.

할아버지는 아무것도 모르고 입까지 쩌억 벌린 채 커컥 숨을 들이켰다.

나최고 할머니는 지이잉 하고 기계를 켰다. 그리고 남아 있던 머리카락을 순식간에 싹 밀었다. 말끔하게.

“어이쿠! 어떡하려고!”

네시땡 할머니가 꽥 소리쳤다.

“어머! 언니!”

미쓰봉 할머니도 까악 소리쳤다.

그 소리에 할아버지는 커컥 하고 숨을 들이켜다 입을 꾹 다물었다. 입맛을 쩝쩝 다시더니 도로 코를 드르렁드르렁 골았다.

“이 손님은 이래야 더 멋져. 미련과 아쉬움을 싹 버리면. 자, 봐. 자신이 가진 거에서 매력을 찾아야지. 어때?”

셋은 눈이 둥그레졌다.

"우아, 머리가 아예 없는 게 더……."

왕구의 말이 끝나기도 전에 할아버지가 흐흡 하더니 눈을 떴다. 셋은 순간 가슴이 덜컹 내려앉았다. 잠이 덜 깬 듯, 눈을 꿈쩍거리던 할아버지가 반쯤 뜬 눈으로 거울을 봤다. 갑자기 눈이 왕방울만 해진 할아버지는 숨넘어가듯 소리쳤다.

"어! 어! 이게 뭐야! 이게 뭐야!"

미쓰봉 할머니가 눈치껏 주머니에서 재빠르게 빨간 손수건을 꺼냈다. 그리고 착 펴서는 돌돌 말아 할아버지 목에 둘렀다.

"이건 포인트! 어머머, 세상에! 십 년, 아니 이십 년은 더 젊어 보이시네요."

화를 내던 할아버지가 움찔하더니 거울을 힐끔 봤다. 나쁘지는 않은지 더듬더듬 말했다.

"허엄, 그래도 이게……."

미쓰봉 할머니가 수줍게 웃었다.

"그 머리가 어때서요? 진짜 잘 어울리시는데. 이 손수건

은 제 선물이에요."

더는 화내지 못한 할아버지가 입을 달싹대며 물끄러미 거울 속 자신의 모습을 쳐다봤다.

나최고 할머니가 할아버지 목에 둘렀던 커트 보를 풀며 말했다.

"수고하셨어요. 자주 오실 것 같으니 오늘은 몽땅 서비스!"

할아버지는 서비스란 말에 다시 한번 표정이 누그러졌다. 네시땡 할머니는 못마땅한 듯 쏘아붙였다.

"어휴, 훨씬 낫구만 뭘. 앞으로 미쓰봉이랑 둘이 단골 하면 되겠네."

"푸훕!"

왕구는 웃음을 참지 못하고 킥킥댔다. 그러고는 얼른 덧붙였다.

"할아버지, 진짜 멋지세요."

"허업! 나 할아버지 아니다. 결혼도 안 했는데……."

말끝을 흐린 할아버지가 입을 다시 꾹 다물자 미쓰봉 할

머니가 다가섰다.

“어머머, 저도 할머니 아닌데. 결혼도 안 했는데…….”

할아버지가 배시시 웃었다. 그러고는 계속 허업, 허업 헛기침을 했다.

## 두 번째 손님 : 미운 오리 엄마

“미용실이죠? 볼륨 매직 얼마예요?”

“손님 머리 상태에 따라 다릅죠.”

네시땡 할머니가 전화를 대충 뚝 끊고 한숨을 쉬었다.

“대체 누군지 모르겠네. 같은 사람 같은데. 일반 파마는 얼마냐, 매직은 얼마냐 계속 물어. 벌써 며칠째야.”

마침 다시 전화벨이 울렸다. 이번엔 나최고 할머니가 받았다.

“미용실이죠? 혹시 파마 안 하고 커트만 하면 얼마예

요?"

할머니가 부드러운 목소리로 다정하게 말했다.

"무조건 만 원."

한 톤 올라간 목소리가 반갑게 되물었다.

"무조건이요? 그럼 파마는요?"

"만 원. 뭐든 만 원이에요."

떨리는 목소리는 다시 한번 확인했다.

"정말, 다 만 원인 거죠?"

할머니가 웃었다.

"네, 한번 오세요."

전화를 끊자 네시땡 할머니가 타박을 했다.

"뭐가 다 만 원이래? 남는 것도 없게."

마침 왕구가 문을 열고 들어서는데 뒤이어 누군가 들어왔다.

"지금 머리 되죠?"

네시땡 할머니가 반갑게 "손님! 환영합니다!"를 외쳤다. 부스스한 머리를 질끈 묶은 아줌마는 여기저기 두리번거렸다.

"여기 앉으세요."

재빨리 왕구가 자리를 안내했다.

"으, 응."

그러고도 자꾸만 흘낏대며 왕구에게 속삭였다.

"그런데 여기 정말 다 만 원이니?"

"네?"

왕구가 난감한 표정을 짓자, 나최고 할머니는 아무렇지 않게 대답했다.

"네, 손님한테만 특별히 다 만 원. 하고 싶은 스타일 몽땅 세일입니다."

할머니 말에 왕구도 화들짝 놀랐다. 그러고 보니 어디서 많이 본 듯한 얼굴이다. 어디서 봤는지 골똘히 생각하는 사이, 할머니가 손님 목에 커트 보를 척 둘렀다.

"어떻게 해 드릴까요?"

아줌마는 난처한 표정을 짓더니 점점 더 작아지는 목소리로 대답했다.

“저, 제가 미용실에 온 지가 하도 오래되어서요. 잘 모르겠어요.”

할머니는 역시 미용장답게 단박에 결정했다.

“긴 머리가 안 어울리는 얼굴이에요. 짧은 커트를 하고 볼륨을 줘 볼까요?”

아줌마가 수줍게 고개를 끄덕였다.

할머니는 가위를 척 들더니 거침없이 자르기 시작했다.

슥슥 삭삭 슥슥 삭삭

할머니가 손에 든 가위야말로 마법봉 같았다. 통통한 아줌마 얼굴이 드러나면서 왕구는 누군지 기억해 냈다.

“아! 장미 엄마다!”

아줌마가 움찔하며 왕구를 쳐다봤다.

“너, 장미 아니?”

왕구는 고개를 끄덕이며 아줌마와 장미를 떠올렸다.

장미는 학교에서 예쁘기로 소문난 아이다. 옷도 굉장히

○○초등학교

잘 입어서 아이들 사이에 세련된 아이로 유명하다. 아역 배우로도 활동한다고 했다. 왕구도 가끔 지나갈 때 보면 괜히 마음이 콩닥콩닥 뛰었다. 하지만 장미 엄마는 반대였다. 뚱뚱하고 촌스러웠다. 항상 땀을 줄줄 흘리며 짐을 잔뜩 들고 장미를 기다렸다. 애들이 정말 진짜 엄마 맞냐고 수군댈 정도여서 별명이 '미운 오리 엄마'였다.

"우리 장미 친구니?"

장미 엄마가 환하게 웃으며 이것저것 물었다.

"내일이 장미네 반 학부모 참관 수업이라서. 너희 엄마도 오시지?"

왕구는 깜빡 잊고 있었다.

"아, 맞다! 우리 반도 내일인데. 어차피 엄마는 바빠서 못 오실 거예요. 엄마가 미용사거든요. 예약 손님이 하도 많아서요. 우리 엄마 인기 짱이에요."

장미 엄마가 부러운 눈으로 쳐다봤다.

"너, 정말 대견하다. 엄마를 이해해 주고."

왕구가 어깨를 으쓱했다.

"자, 어때요? 맘에 들어요?"

그새 할머니의 마법봉이 멈췄다.

"우아, 정말 변신한 거 같아요."

왕구 눈이 반짝였다. 세련된 커트가 너무나도 잘 어울렸다.

"이제 파마 시작할게요."

아줌마가 거울에서 눈을 떼지 못했다. 왕구는 할머니를 도와 파마 약을 바르고 롤을 말고 펴는 걸 도왔다. 아줌마는 그런 왕구를 자꾸만 쳐다봤다.

"할머니네 놀러 온 거야? 일도 도와드리고 착하구나."

아줌마 말을 가만히 듣고 있던 네시땡 할머니가 깔깔 웃었다.

"왕구는 어엿한 보조 미용사라우. 파트너라고나 할까?"

네시땡 할머니 말에 왕구가 씩 웃었다.

나최고 할머니와 손발을 척척 맞추니 머리 손질도 더 빠르게 되었다. 파마가 끝나고 마지막으로 드라이까지 마치자 장미 엄마는 몰라보게 예뻤다.

"자, 다 끝났어요."

할머니 말에 장미 엄마 눈빛이 아롱아롱 흔들렸다.

"정말 감사합니다. 우리 애가 엄마 창피하다고 해서 망설이기만 하다가……. 얼마 만에 머리를 했는지 모르겠어

요. 마음에 쏙 들어요."

할머니가 장미 엄마 어깨를 톡 건드렸다.

"얼마나 매력적인 얼굴인데. 그걸 몰랐어요? 항상 자신을 먼저 사랑해 봐요."

장미 엄마는 고개를 끄덕이더니 살며시 일어섰다. 그러고는 조심스럽게 또 물었다.

"정말 만 원인 거죠?"

네시땡 할머니가 못 말린다는 듯 고개를 절절 흔들었다. 왕구가 이번에는 시원하게 큰 소리로 대답했다.

"네! 만 원이요!"

## 세 번째 손님 : 공주님 납시오

왕구는 오늘 학교가 일찍 끝나 집에 바로 왔다. 늘 그렇듯 아빠가 왕구를 반갑게 맞았다.

"와앙구, 일 조조아?"

"응! 진짜 진짜 재밌어. 배우는 것도 많아. 나, 파마도 할 수 있을 것 같아."

왕구 말에 아빠가 찡긋 웃었다.

"와앙구 조조으면 아빠도 조좋아."

왕구는 아빠한테 미안하기도 했다.

"계속 아빠 옆에 있어야 하는데 미안해. 일 끝나면 뛰어 올게."

아빠가 고개를 저었다.

"아아니. 처천히. 아아빠 이제 재재화알 여열심히 해서 마많이 조조아. 계계속 고고공부도 하고 이이써."

왕구가 아빠를 꼭 끌어안았다.

"근데 아빠가 아파서 좋은 점도 있어. 나랑 만날 붙어 있잖아. 바쁠 때는 얼굴도 잘 못 봤는데."

아빠가 또 찡긋 웃었다.

"으응, 마마저."

왕구는 아빠가 먹을 빵을 예쁘게 잘라 접시에 담았다.

"아빠, 나 다녀올게!"

아빠는 씩씩하게 나서는 왕구 뒷모습을 한참 쳐다봤다.

미용실에 가니 미쓰봉 할머니와 멋쟁이 할아버지가 나란히 앉아 있었다. 미쓰봉 할머니 앞머리는 어김없이 둥그렇게 말려 올라가 있었다. 멋쟁이 할아버지도 손질이 끝났는지 유난히 머리가 반짝였다.

"왕구 왔구나! 냉동실에 아이스크림 있다. 꺼내 먹어."

나최고 할머니 말에 네시땡 할머니가 덧붙였다.

"저 멋쟁이 신사가 사 오신 거야. 나도 한 개만 더 먹게 갖고 와라."

네시땡 할머니랑 왕구는 나란히 아이스크림을 할짝거렸다. 달콤하고 부드러운 단물이 목구멍으로 시원하게 잘도 넘어갔다. 그때 미용실 문이 스르르 열렸다.

"어머, 이런 촌스러운 미용실도 다 있네."

조그마한 여자애 손을 억지로 끌고 들어온 아줌마였다.

"싫어, 싫어!"

여자애는 들어오자마자 악을 바락바락 썼다.

"변덕은! 네가 여기로 오자고 했잖아."

아줌마가 도끼눈으로 여자애를 내리찍었다. 하지만 아이도 지지 않고 철퍼덕 앉아 발을 동동 굴렀다.

"엄마가 자꾸 먼 데 가자니까 그랬지! 머리 자르기 싫어!"

미용실 한복판에서 엄마와 아이는 서로 양보할 마음 없

이 싸웠다. 왕구가 슬쩍 말을 걸었다.

"너도 아이스크림 먹을래?"

왕구 한마디에 여자애가 발딱 일어섰다.

"응!"

왕구가 가져다준 아이스크림을 아줌마가 홱 뺏었다. 그러고는 이겼다는 표정으로 아이에게 말했다.

"너 머리 자르면, 이거 줄게."

아이는 세상 억울한 표정으로 머뭇대다 결국 고개를 끄덕였다. 아이스크림을 할짝대며 엄마가 원하는 대로 의자에 앉았다.

"머리 자르기 싫냐?"

아이 목에 커트 보를 두르며 나최고 할머니가 물었다. 아이가 고개를 끄덕였다.

아이 대신 엄마가 침 튀기며 말했다.

"애가 똥고집이라니까요. 그런데 여긴 신장개업이라고 씌어 있던데 느낌은 되게 오래된 미용실 같네요. 시골에 있는? 원래 우리는 이런 데 잘 안 오는데요. 내가 가는 샵

가격표
여자 컷
남자 컷
매직펌
염색
카드사용
(수) 정기휴일

에 가자니까 애가 멀어서 싫다고 하도 고집을 부려서. 글쎄 지나가다 갑자기 여기 오겠다는 거예요. 뭐, 싼 맛에 동네 미용실 몇 번 가긴 했는데, 영. 그래도 여기보단 시설이 낫긴 하던데."

미쓰봉 할머니가 기막히다는 표정으로 말했다.

"되게 비싼 데 다니나 봐요? 난 여기 단골인데."

아이 엄마는 번쩍이는 핸드백을 슬쩍 쓰다듬으며 거들먹거렸다.

"뭐, 간단한 커트가 기본 십오만 원? 스킬이 다르죠."

그때 휴대폰 벨이 울렸다. 아이 엄마는 너스레를 떨며 전화를 받더니 아예 미용실 밖으로 나갔다.

"손님, 어떤 스타일로 해 줄까요?"

나최고 할머니는 허리를 굽혀 아이와 눈을 맞추고 물었다. 벌써 아이스크림 하나를 뚝딱한 아이가 눈치를 보며 더듬더듬 말했다.

"난 머리 예쁘게 묶는 게 정말 좋은데. 엄마는 자꾸 자르래요. 머리 감고 묶는 거 힘들다고요."

나최고 할머니는 고개를 끄덕였다.

"우리 미용실은 손님이 왕이거든요? 자, 보자. 어떤 게 맘에 들어요?"

할머니가 서랍에서 뭔가를 잔뜩 꺼냈다. 온갖 화려한 장식이 달린 눈부시게 예쁜 머리끈들이었다.

"우아아아아아!"

아이 눈이 커졌다. 그러고는 몇 개를 신나게 골랐다.

"금방 됩니다, 손님!"

할머니의 현란한 손놀림에 다들 넋을 놓고 쳐다봤다.

미쓰봉 할머니가 말했다.

"어머, 공주님 같네. 여기, 공주님 납시오!"

멋쟁이 할아버지가 덧붙였다.

"우아, 부럽다. 머리숱이 저렇게나 많아! 나도 저런 머리 좀 해 보면 좋겠네."

그 말에 다들 한바탕 웃었다.

곱게 땋아 올린 아이 머리는 정말 귀여웠다. 통화를 마치고 한참 만에 미용실 안으로 들어온 아이 엄마가 입을 쩍 벌렸다.

"이게 뭐예요?"

나최고 할머니가 대답했다.

"손님이 원하는 스타일대로 했죠. 우리 미용사들은 손님 목소리에 귀를 기울여야 하거든요. 본인이 꼭 하고 싶은 스타일이 있는 법이니까. 존중하는 뜻으로요."

아이 엄마가 입을 삐죽대고 말을 툭 뱉었다.

"촌스럽기는. 기껏 머리 자르러 왔더니. 에이, 가자!"

예쁜 머리에 기분이 좋아진 아이와는 반대였다. 아이 손을 끌고 나가려는 아이 엄마에게 나최고 할머니가 말했다.

"돈을 내셔야……. 우리 미용실은 아주 저렴해서."

"네에? 머리 묶고 돈을 내라고요?"

깜짝 놀란 아이 엄마가 말도 안 된다는 표정을 지었다. 그 사이를 비집고 들어간 네시땡 할머니가 말했다.

"왜요? 비싸요? 여기선 가장 싼 건데?"

아이 엄마가 인상을 팍 쓰더니 혀를 쯧 차며 말했다.

"어휴, 알겠어요. 얼마예요?"

"십만 원."

"네에? 뭐라고요?"

"너무 싼가?"

미쓰봉 할머니가 한마디 거들었다.

아이 엄마는 얼굴이 시뻘게지더니 핸드백을 만지작거렸다.

“엄마! 나 진짜 이 머리 좋아! 빨리 집에 가자. 응? 왜, 돈이 없어?”

아이 말에 엄마가 신경질적으로 말했다.

“카드 되죠?”

나최고 할머니가 시원하게 웃으며 대답했다.

“당연하죠!”

# 꼭 하고 싶은 것

"조왕구! 너, 어디야?"

전화를 받자마자 엄마 목소리가 귀를 뚫고 쩡쩡 울렸다. 왕구는 손님 머리 손질을 돕다 말고 얼어붙었다. 왕구의 손이 덜덜 떨렸다.

"무슨 일이니?"

"할머니, 아빠가 또 쓰러졌대요. 내가 옆에 있어야 했는데. 흐흐흑."

옆에 있던 네시땡 할머니도 의자에서 벌떡 일어섰다.

나최고 할머니는 황급히 손님에게 양해를 구하고 나설 준비를 했다.

“네시땡아, 마무리 좀 해 줘.”

“그래그래, 걱정 마.”

어느새 엉엉 우는 왕구 손을 할머니가 꼭 쥐었다.

“왕구야, 가자.”

할머니와 함께 집 현관으로 들어서자, 아빠 이마에 붙은 커다란 반창고가 눈에 띄었다. 벌겋게 부은 팔에는 시퍼런 멍까지 들어 있었다.

“아빠, 어어어엉.”

왕구는 아빠를 보자마자 큰 소리로 울기 시작했다.

“왜 왜 그래, 괘괜찮아.”

아빠가 웃었다.

“뭐가 괜찮아! 이 지경이 됐는데. 넌 대체 어디 있었던 거야? 욕실에서 넘어져서 정말 큰일 날 뻔했어. 엄마가 오늘 일찍 들어왔으니 망정이지! 설마 너 계속 아빠 혼자 둔

건 아니지?”

“으아아아아아앙!”

왕구는 더 크게 울었다.

“시끄러워! 뭘 잘했다고 울어!”

엄마가 쏘아붙였다.

“아빠 넘어진 거야? 난 아빠 또 쓰러진 줄 알고. 정말 죽는 줄 알고. 어어어엉. 엄마, 미안해. 잘못했어.”

어느새 엄마 눈에도 눈물이 그렁그렁해졌다.

옆에서 가만히 지켜보던 나최고 할머니가 왕구를 꼭 안아 주었다. 그제야 엄마는 할머니를 발견한 듯 놀란 눈으로 쳐다봤다.

“누, 누구세요?”

나최고 할머니는 왕구 엄마에게 명함 한 장을 내밀었다.

“나최고 미용실 원장이라우. 왕구와는 파트너 사이고.”

왕구 엄마는 무슨 말인지 모르겠다는 듯 다시 물었다.

“파트너요?”

나최고 할머니가 고개를 끄덕였다.

“멋진 파트너이자 예비 미용사라우. 내가 모셔왔지.”

엄마는 금세 눈이 올라갔다.

“우리 왕구가 거기서 뭐 하는데요?”

왕구는 깜짝 놀라 할머니를 쿡 찔렀다. 할머니는 아랑곳하지 않고 말을 이었다.

“머리를 자르기도 하고, 파마 보조도 하고. 이것저것 공부하고 있다고나 할까.”

엄마 얼굴이 점점 일그러졌다.

"너, 너, 너!"

그때 초인종이 울렸다. 엄마가 어쩔 수 없다는 표정으로 일어났다. 현관문을 열자 아저씨들이 우르르 들어왔다.

"안녕하세요? 어! 왕구! 엄청 컸네."

엄마 얼굴이 언제 화냈냐는 듯 상냥하게 바뀌었다.

"어머, 어쩐 일로 다들."

아빠를 보고 아저씨들이 한마디씩 했다.

"오늘 우리 온다고 말씀 안 드렸냐?"

"아이고, 얼굴이 왜 그러냐?"

"왕구 눈은 왜 부었어?"

왕구 아빠랑 같은 연구소에서 일하는 아저씨들이었다. 아빠의 오랜 친구들이다. 아저씨들의 밝은 목소리가 집 안에 가득 찼다. 순식간에 방금 전 일들이 아무렇지 않게 느껴졌다.

아저씨들은 가지고 온 커다란 상자 안에서 뭔가를 주섬주섬 꺼냈다. 그러고는 아빠가 잘 볼 수 있도록 하나씩 정성스럽게 놓았다.

“이거 봐! 네가 개발한 거 완성됐다. 실험 단계인데……
네가 직접 실험까지 하는구나. 어허허.”

왕구 눈이 점점 커졌다. 상자에서 나온 건 로봇 팔과 로
봇 다리였다.

“이게 뭐예요?”

왕구 말에 아저씨들이 대답했다.

“어, 재활 치료 로봇. 몸이 불편한 사람들이 손과 다리에
이걸 끼고 움직이는 거야. 얼른 낫게 돕는 거지.”

“너희 아빠가 오랫동안 만들었어.”

“야, 너, 이거 날마다 끼고 빨리 나아. 그래야 또 새로운
거 개발하지!”

한 아저씨가 아빠를 툭 쳤다. 아빠가 씩 웃으며 끄덕였
다.

“그그으래 다다여언하지. 나 고공부도 계계속 열시미이
하고 이이서서.”

나최고 할머니가 왕구 손을 다시 꼭 잡았다.

"왕구가 엄마는 미용사라고 자랑스러워하더니, 아빠도 엄청 멋진 분이셨구나?"

아빠가 쑥스러운 얼굴로 웃었다. 엄마도 머쓱한 표정이 되었다.

듣고 있던 아저씨들이 껄껄 웃으며 한마디씩 했다.

"우리 왕구도 씩씩하고 훌륭한 아들 같은데요?"

"맞아요. 언제나 대차고, 야무지고. 왕구야, 너 이대로 쭉 커서 로봇 연구원 될 마음 없냐?"

"오, 그래. 우리 팀에 들어와!"

왕구가 고개를 세차게 흔들었다.

"사양할게요. 전 꼭 하고 싶은 일이 따로 있어요."

아저씨들이 입맛을 쩝 다시더니, 또 한 번 껄껄 웃었다.

"거 참, 역시 야무지네. 무지무지 아쉽기도 한걸?"

## 왕구의 첫 손님

자꾸만 시계를 흘끔대던 나최고 할머니가 말했다.

"오늘 오후는 손님이 없구나. 왕구 뭐 먹고 싶어? 할머니가 쏜다!"

바닥 청소를 막 끝낸 왕구 배에서 마침 꼬르륵 소리가 났다.

"이야! 그럼 만두, 피자, 치킨, 아이스크림, 초코빵, 떡볶이랑 튀김……."

나최고 할머니가 피식 웃었다.

"배가 빵 터지겠구나. 그럼 잠시 혼자 있을 수 있지? 할머니가 나가서 사 올게."

"네!"

왕구는 혼자 남아 부지런히 움직였다. 수건을 개고, 거울을 닦았다. 그때 미용실 문이 살며시 열렸다.

"어서 오세요!"

왕구가 뒤돌아보니, 엄마였다.

"어? 엄마!"

엄마는 말없이 손님 의자에 앉았다.

"오늘 예약하고 왔는데. 머리 바로 돼?"

당황한 왕구가 머뭇거렸다.

"엄마가 할머니한테 전화해서 예약했어. 네 칭찬 많이 하시던데. 커트 정도는 제법 할 수 있을 거라고. 해 본 적 있어?"

왕구 눈빛이 흔들렸다.

"아직. 그런데 옆에서 많이 봤어. 연습도 엄청 하고. 아빠 머리도 직접 해 주고 싶었는데."

“그럼, 엄마가 네 첫 손님 해도 돼?”

왕구는 갑자기 코끝이 찡했다.

“진짜? 응! 잠시만.”

왕구는 늘 가지고 다니는 미용 수첩을 바지 주머니에서 꺼냈다.

"엄마, 이건 내 비밀 무기인데. 세상에서 두 번째로 보여 주는 거야. 여기서 골라 봐."

엄마는 왕구의 수첩을 찬찬히 넘기면서 자세히 살폈다.

"첫 번째는 누군데?"

왕구가 머뭇머뭇 작은 소리로 대답했다.

"아빠."

엄마 눈이 점점 벌게졌다. 그러고는 하나를 가리켰다.

"이것도 할 수 있어?"

왕구는 자신 있게 대답했다.

"당연하지!"

미용 가운을 입은 엄마가 다시 의자에 앉았다. 왕구는 능숙하게 커트 보를 둘렀다. 의자는 낮추고 디딤대에 올라섰다.

"시작합니다, 손님!"

엄마 머리에 분무기를 칙 뿌렸다. 왕구의 마법이 시작되는 순간이었다.

사각사각 사각사각 사각사각

엄마가 눈을 지그시 감았다. 머리에 닿는 왕구의 손길이 제법이었다. 이 커트는 왕구가 3개월 넘게 연습한 거였다. 엄마 머리를 만지며 왕구가 물었다.

"엄마, 그런데 왜 내가 미용사 되는 거 싫어?"

엄마는 눈을 꼭 감은 채 말이 없었다.

"난 엄마처럼 멋진 미용사 되고 싶은데. 안 돼?"

엄마는 한동안 말이 없다 천천히 눈을 뜨고는 대답했다.

"엄마가 멋져?"

왕구가 망설임 없이 대답했다.

"당연하지!"

엄마가 말을 이었다.

"왕구야, 엄마는, 엄마만 생각한 거 같아. 사실 나…… 얼마 전에 왕구 미용 수첩 몰래 봤어. 몇 년 동안 꼼꼼하게 써 온 그 수첩. 엄마보다 낫던데? 정말 미용사가 되고 싶은 네 마음이 진심으로 느껴졌어. 아빠랑도 이야기했어. 왕구가 하고 싶은 일에 얼마나 열심인지. 그래서 왕구한테 미안했어. 미용 일 흉내 내는 거라고 화만 내고."

왕구 손이 잠시 멈칫했다. 마음이 찡하게 울렸다.

엄마는 살짝 떨리는 목소리로 다시 말했다.

"엄마 생각이 짧았어……. 왕구가 하고 싶다는데 안 되는 게 어딨어. 난 미용 일을 하는 게 정말 싫었거든. 돈을 벌기 위해서 처음에 억지로 시작한 거라서. 사람들에게 맞추는 것도 싫고. 몸이 힘들기만 하고 기쁘지 않았어. 아빠 아프고 나서 더 많이 일해야 하니 그것도 싫었고. 그런데 왕구는 왜 미용 일이 좋아?"

왕구 입가에 금세 미소가 확 퍼졌다.

"재밌으니까! 사람들 머리 모양을 상상하면서 멋지게 바꿔 주는 것도 신나. 사람들이 기뻐하면 그것도 뿌듯하고."

엄마가 고개를 끄덕였다.

"재밌는 거 중요해. 맞아, 그거네. 엄마한테 없는 거."

왕구가 말했다.

"그리고 잘하고 싶어."

엄마가 살짝 목이 멘 소리로 가까스로 말했다.

"왕구 너, 언제 이렇게 컸어?"

왕구는 머쓱하게 웃더니 더 빠르게 손을 움직였다. 순식간에 머리카락이 우수수 잘렸다.

"자, 엄마 어때?"

왕구 엄마는 거울 속 얼굴을 빤히 쳐다봤다.

"근사한데. 내가 이렇게 예뻤나?"

왕구가 환하게 웃었다.

"그럼! 아빠가 첫눈에 반했다잖아. 큭큭. 자, 다 됐어."

이번에는 엄마가 아담한 가방을 내밀었다.

"이건 수고비. 열어 봐."

"우, 우아아아!"

가방 안에는 버린 줄로만 알았던 왕구의 미용 가위 세트와, 모양과 크기가 다양한 전문가용 미용 가위 세트 하나가 함께 들어 있었다.

"우리 왕구 덕분에 엄마도 뭐가 재밌는지 생각해 봐야겠어. 찾으면 가장 먼저 말해 줄게."

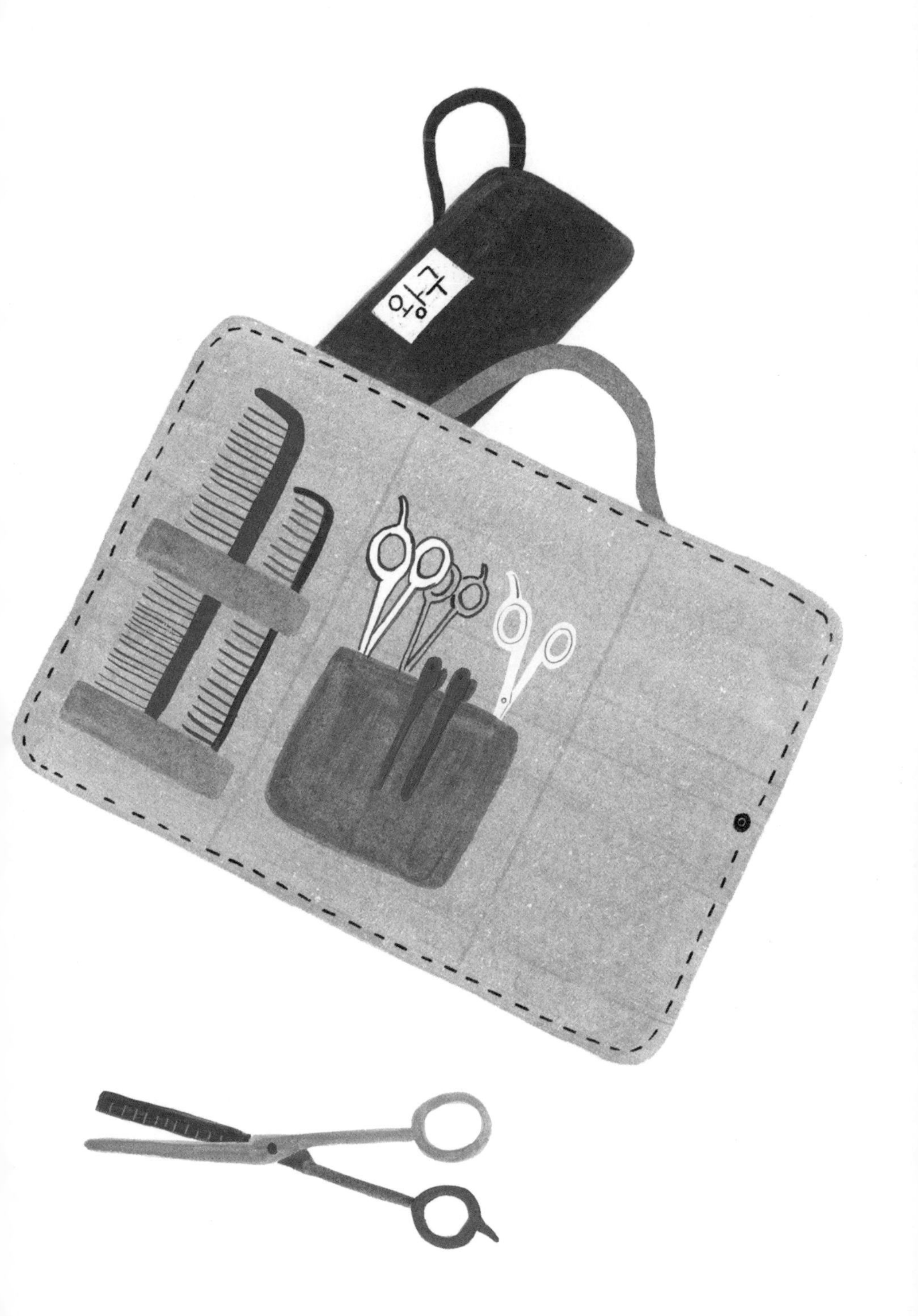

"응!"

그때 미용실 문이 스르륵 열렸다. 나최고 할머니는 왕구가 먹고 싶다던 음식을 한 아름 사들고 왔다. 엄마와 눈이 마주치자 찡긋 신호를 보냈다.

"이야! 맛있는 냄새!"

왕구 입이 헤벌쭉 벌어졌다.

"어때? 나 최고냐?"

"네에? 푸하하. 할머니 썰렁해요!"

왕구 엄마도 활짝 웃었다.

"아이고, 머리 예쁘게도 잘랐네. 왕구 솜씨 좋지요?"

엄마가 고개를 끄덕였다.

"덕분이에요. 감사드려요."

할머니가 손사래를 치며 활짝 웃었다.

"우리 이제 파티나 할까? 왕구야, 식기 전에 어서 먹자."

"네!"

미용실 한편에 차려진 푸짐한 저녁은 왕구와 엄마의 마음까지 푸짐하게 채웠다. 엄마가 떡볶이를 우물우물 씹으며 말했다.

“조왕구 너, 엄마 미용실에서 일해 볼래?”

왕구는 고개를 세차게 저었다.

“지금 스카우트하는 거야? 음, 이건 아니지. 난 나최고 미용사님 파트너거든. 절대로 절대로 못 옮기지.”

왕구 말에 할머니와 엄마 모두 깔깔깔 웃었다.

“우리 왕구 의리 짱인데!”

할머니가 엄지를 척 들어 올렸다. 그러고는 왕구를 꼭 안았다. 나최고 할머니 품에서도 엄마 냄새가 났다. 좋은 냄새, 마법 물약 같은 냄새가.

작가의 말

## "네 꿈은, 뭐야?"

어릴 적부터 꼭 품어 온 꿈이 있었어요. 바로 재미난 이야기를 맘껏 쓸 수 있는 작가가 되는 것. '언젠가는 내 이름으로 책을 내고 싶어!' 이 마음을 참 오랫동안 담고 있었지요. 책 읽는 것도 좋았지만 내 이야기를 짓는 게 더 신났거든요. 여러분도 이루고 싶은 꿈이 있나요?

이 책의 주인공 왕구는 미용사가 되는 게 꿈이에요. 엄마는 여러 이유로 왕구의 꿈을 지지하지 않았어요. 하지만 꿈을 향한 왕구의 열정과 열심히 노력하는 모습을 보고 오히려 큰 깨달음을 얻지요. 자신만의 꿈을 갖는 게 얼마나 중요한 일인지를요. 자신이 좋아하는 일, 가치를 두고 키워 갈 수 있는 일을 찾는 건 무엇보다 소중하답니다. 나이 일흔에 당당하게 자기 꿈을 펼친 나최고 할머니처럼 말이지요.

왕구 이야기를 통해 여러분도 꿈을 찾는 간절한 마음이 생기면 좋겠어요. 작가가 되고 싶은 제 어릴 적 모습을 왕구한테 한껏 담았거든요. 좋아하고 재밌는 나만의 일을 꼭 한번 탐색하고 찾아보세요. 끝없이 질문하고 시도한다면 분명 여러분은 성공할 거예요.

내가 좋아하고 이루고 싶은 꿈을 향해 나아가는 힘만큼 강력한 것은 없어요. 그 힘으로 내 자신을 더 사랑할 수 있고, 아무리 어려운 일이 닥쳐도 나를 믿고 헤쳐 나갈 수 있답니다. 작가가 되는 꿈은 이루었지만, 더 좋은 동화를 쓰기 위해 저는 날마다 노력하고 있어요. 꿈을 찾을 여러분과 함께 이 길을 오래오래 걷고, 또 걷고 싶답니다.

동화 작가 정은정